AF569605

WIR

Kinder philosophieren
über unser Miteinander

EVA STOLLREITER

WIR

Kinder philosophieren
über unser Miteinander

Illustriert von Katrin Stangl

Dudenverlag

Vorwort

Gemeinschaft ist für uns Menschen wichtig. Denn nur in der Verbindung, die wir in Partnerschaft, Familie, Freundschaft oder darüber hinaus mit anderen eingehen, können wir ein gutes Leben führen. Dies erfahren wir besonders und nachhaltig in Zeiten der Kontaktbeschränkungen und verordneten Distanz.

Wir brauchen das Wir, wenn wir die Zukunft unserer Gesellschaft und der globalen Gemeinschaft gut gestalten wollen. Dieses Buch ist die Dokumentation eines mündlichen Gesprächs über das Wir. Es hält fest, was wir im Alltag oft nur flüchtig wahrnehmen, und bietet die Chance, innezuhalten, mitzudenken und nachzuspüren.

Die Gedanken in diesem Buch stammen von *Andrej, Ben, Béla, Damian, Jakob, Julian, Leomina und Leonora.* Sie diskutierten zwischen August 2019 und Februar 2020 in sechs Treffen intensiv darüber, was es mit dem Wir und seinen verschiedenen Ausformungen auf sich hat, organisiert über den Berliner Verein »Die kleinen Denker. Philosophieren mit Kindern e. V.«. Zum Zeitpunkt der Begegnungen waren sie zwischen neun und elf Jahren alt.

Das letzte Treffen der Gruppe fand Ende Februar 2020 statt und damit zwei Wochen vor dem ersten harten Corona-Lockdown. Dieser Zeitpunkt findet sich im Text wieder, der ansonsten noch frei ist von den Ereignissen des Jahres 2020.

Ich hatte das Glück und das Vergnügen, die Gespräche der Gruppe philosophisch begleiten, aufzeichnen und transkribieren zu dürfen, um aus den verschiedenen Stimmen der Kinder schließlich einen einzigen Text zu formen. Als »Organisatorin des Textes« habe ich mich dabei vor allem darum bemüht, dem Gedachten so weit wie möglich gerecht zu werden.

Inwieweit dies gelungen ist, können nur die Kinder selbst beurteilen. Im Sommer 2020 trafen wir uns noch einmal zu einer Lesung im Park. Der Effekt war erstaunlich: Die Kinder erkannten ihre Gedanken, trafen sie erfreut und wie alte Bekannte wieder, manche begeisterten sie wie beim ersten Denken. Nicht wenige Fragen erwiesen sich nach wie vor als unbeantwortet oder kontrovers und führten zur erneuten Diskussion. Von manchen Passagen waren sie aber auch überrascht, mussten sich erst zurückversetzen in die Gesprächssituationen. Wir erinnerten uns.

Ich bin dankbar dafür, dass ich an den Gesprächen der Gruppe teilhaben durfte, und für das Vertrauen der Kinder und Eltern, das dafür erforderlich war. Ebenso dankbar bin ich für den respektvollen Umgang Katrin Stangls mit diesen Gesprächen, das Verstehen und Mitempfinden, das aus ihren Illustrationen spricht, als sei sie auch dabei gewesen.

In der Lektüre und dem gemeinsamen Austausch über das Wir lassen sich die Gespräche nun in einem erweiterten Kreis fortsetzen. Dabei wünsche ich den Leserinnen und Lesern dieses Buchs viel Freude.

Eva Stollreiter

Wir

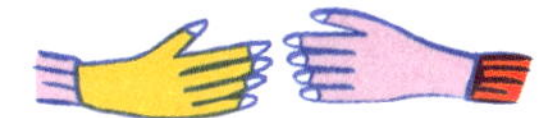

Das Ich,
das Wir, die Welt

10

Wir

Hier sind wir. Wir sind ein Wir,
weil wir miteinander reden wollen.

WIR DENKEN ÜBER DIE DINGE IN DER WELT NACH.

Man kann noch nicht sagen,
dass wir schon eine Gruppe sind.
Wir sind hier zum ersten Mal
und kennen uns noch gar nicht.

Wir haben aber etwas zusammen vor.

Wir sind sowohl viele Ichs als auch ein großes Wir.
In dem Moment, in dem wir sagen, dass wir viele Ichs sind, sind wir schon zu einem Wir geworden.

13

Wir

Zu sagen, dass wir kein
richtiges Wir sind, ist paradox.
Wir sagen doch »wir«, wenn wir sagen,
dass wir kein Wir sind.
Also müssen wir doch ein Wir sein.

Wir

Logisch gesehen verwenden wir »Wir«, wenn uns Tatsachen verbinden.

Alle Menschen auf der Erde sind daher ein Wir. Sie verbindet mindestens eine Tatsache: Sie sind Menschen.

Eine einzige Tatsache reicht aber nicht, damit Menschen ein Wir sind.

Wenn alle ein Wir sind, die eine Tatsache verbindet, sind auch Messi und ich ein Wir, weil wir beide Fußball spielen.

ALLE DINGE HABEN ETWAS GEMEIN.

Zum Beispiel, dass sie von der Erde angezogen werden. Man muss sich nur etwas Zeit nehmen, dann findet man die verbindende Tatsache.

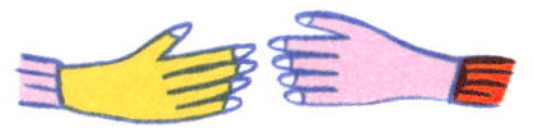

15

Wir

Es gibt ein paar
Gemeinsamkeiten,
die alle Menschen
auf der Welt zu einem
Wir machen:
Wir alle wollen essen,
trinken und ein Haus.

(Nicht alle wollen Frieden.)

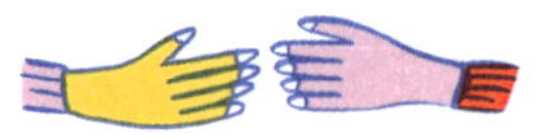

16

Wir

ES GIBT MEHRERE ARTEN VON WIR.

Wenn du jemandem in der S-Bahn gegenübersitzt, dann sieht er dich und du siehst ihn. Du kannst sagen, dass ihr ein Wir seid, weil ihr beide in der S-Bahn sitzt.

Oder wenn du sagst, dass du etwas *auch nicht* verstehst, bist du ein Wir mit der anderen Person, die es nicht versteht.

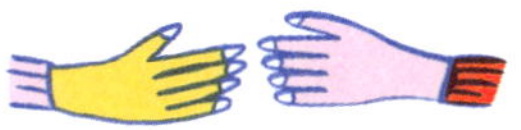

Wir

Wir sind ein Wir, wenn wir gemeinsam am Tisch sitzen. Wir machen etwas zusammen, wir sind eine Gemeinschaft.

Die Menschen, die wollen, dass die Erde erhalten bleibt, sind ein Wir. Eine Familie ist ein Wir, das dann zu dem größeren Wir gehört.

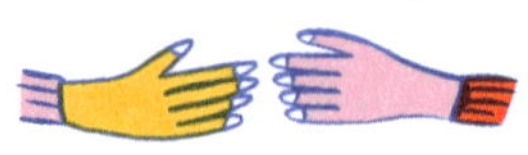

18

Wir

Man gehört zu einem
Welt-Wir und noch mal
zu vielen kleinen Wirs.
Die Welt ist ein Wir
und die Länder sind auch ein Wir.
Zum Welt-Wir gehören
alle Menschen.

IN DEM
GROßEN WIR
GIBT ES VIELE
ABZWEIGUNGEN
ZU KLEINEREN
WIRS.

1
3

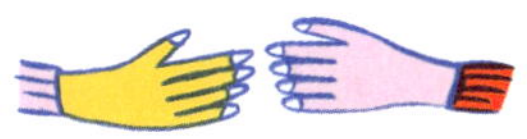

21

Wir

Es gibt verschiedene
Wir-Grüppchen.
Man kann in zwei Wirs
gleichzeitig drin sein.

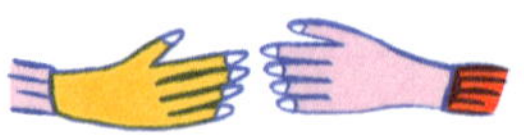

ES GIBT AUCH MEHRERE ABSTUFUNGEN VON WIR.

Das ist die Abstufung:
Je mehr wir uns kennenlernen,
desto mehr werden wir ein Wir.
Je mehr wir uns kennenlernen,
desto mehr wird unsere
Wir-Verbindung gestärkt.

Es ist wie eine Treppe.
Zu Beginn sind wir noch
ganz unten auf der Treppe.
Je mehr wir uns kennenlernen,
desto höher wandert
unser Wir auf der Treppe.

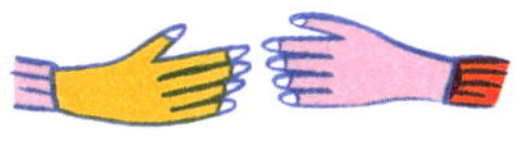

23

Wir

*Tote Dinge können
kein Wir bilden,
weil sie nicht leben.*

Sie haben eine verbindende
Tatsache, nämlich die,
dass sie tot sind.
Sie können aber nicht denken,
also können sie kein Wir bilden.

Auch in Steinen kann etwas
Lebendiges sein, sie haben
vielleicht auch mal gelebt.
Dann ist ein Stein allein,
aber wenn es zwei Steine sind,
ist es ein Wir.

Sie wissen nicht,
dass sie ein Wir sind.
Deshalb sind sie kein Wir.

Wir können sagen,
dass sie ein Wir sind.

Es muss aus der Sicht der
Steine gesagt werden.
Sonst würden wir sagen:
Ihr seid Steine.

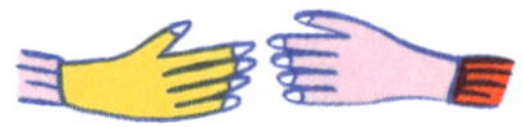

24

Wir

Wir wissen nicht genau,
ob Geparden ein Wir
denken können.
Vielleicht können sie es,
vielleicht können es auch Steine.
Es ist unwahrscheinlich,
aber es könnte sein.
Ein Baum ist dann ein Wir
mit seinen ganzen Blättern.
Er ist nicht allein.

JEDER VON UNS BESTEHT AUS VIELEN TEILEN.

Ist jeder von uns ein Wir?
Oder sind die Teile nur Teile des Ich?
Die Arme gehören zu mir.
Ich bin mit ihnen kein Wir.
Wenn ich mir in den Arm kneife,
dann hat das Ich das Ich gekniffen.

Die Frage ist:

WAS IST DAS ICH ÜBERHAUPT?

Da sich meine Zellen ständig verändern, gehören sie nicht komplett mir. Sie kommen und gehen, ohne dass ich es bemerke.

Die Entfernung zwischen den

Teilen des Wir

spielt keine Rolle.

Ich kann etwas

ans Ende des Universums werfen –

das Wir besteht trotzdem weiter.

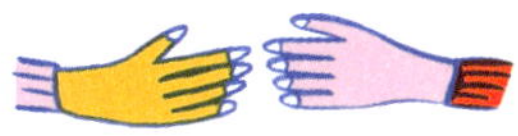

27

Wir

Wenn die Menschen kein Wir hätten,
wäre das ziemlich schlecht.
Alle würden nur Ich-Ich-Ich denken.
Wenn jemand Hilfe braucht,
würde er keine Hilfe bekommen.
Alle würden nur an sich selbst
denken. Alle wären total egoistisch.

Aber wenn es das Wort »Wir«
nie gegeben hätte, würde es
niemanden interessieren,
dass es das Wir nicht gibt …

Wir können nicht bestimmen,
wer mit wem ein Wir ist
Manchmal ist es so:
Die, die im Kreis stehen,
sind ein Wir, der, der innerhalb des
Kreises steht, ist ein Ich.

Er ist allein.

Wir

Was also bedeutet Wir? Ist man schon ein Wir,
wenn man sich nur auf Fotos gesehen hat, oder erst,
wenn man sich persönlich gesehen und gesprochen hat?
Sind ein paar Leute ein Wir, weil sie ein paar Gemeinsamkeiten haben? Weil sie miteinander diskutieren?
Können auch Dinge ein Wir sein? Muss Wir immer
bedeuten, dass man ein Team ist?
Wenn man ein Team ist, ist man dann automatisch
auch ein Wir? Muss man zusammengehören?
Sind Tiere und Menschen ein Wir, weil sie alle auf
der Erde leben? Wenn wir ein Wir sind, was sind
dann die anderen?

Man sollte mal mitzählen,
wie oft wir wir sagen!

DAS WORT WIR hat uns ins Denken gebracht. Wir haben es gedreht und gewendet, von verschiedenen Seiten betrachtet. Wir haben damit herumprobiert, es in Gedanken auf Menschen, Tiere, Dinge gelegt wie ein Schmetterlingsnetz und dessen Inhalt geprüft. // Manches haben wir fertig-, einiges nur angedacht. Widersprüche geschaffen und teilweise aufgelöst. // Eines ist sicher: Das Wir kann sehr verschieden sein. In Art, Umfang und Ausprägung. Die Art beruht auf den Gemeinsamkeiten, den »verbindenden Tatsachen«, der Umfang hängt davon ab, wer alles dazugehört, und die Ausprägung – »Stufe« – davon, wie gut man sich kennt. Vielleicht kann man das auch den Grad der Bekanntschaft nennen oder der Innigkeit. // Zugleich lassen sich Schnittmengen bilden zwischen den Wirs. // Das Wir ist wichtig für die Welt. Damit es sich als Wir versteht, spielen Denken und Bewusstsein eine Rolle. // Denkbar ist ein Welt-Wir, das alle Menschen umfasst. // Gibt es das?

Freund-
schaft

Das kostbare Band
zwischen uns

Man könnte auch allein leben.
Man kann ohne Freunde arbeiten
und ein schönes Leben führen.

Ganz normal könnte man dann
wahrscheinlich nicht leben.

Aber wie lebt man *normal*?

Freunde gehören zum Leben dazu.
Man braucht Freunde und Freundinnen.
Sonst ist man allein und fühlt sich einsam.
Man hat an nichts Spaß.

MENSCHEN
SIND EINFACH
HERDENTIERE.

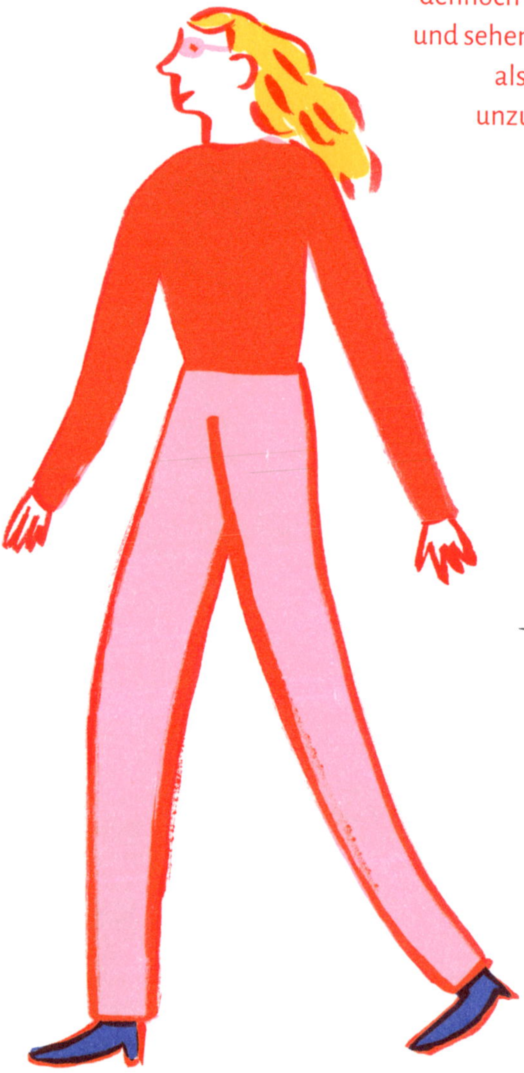

Manche laufen
dennoch allein herum
und sehen nicht so aus,
als ob sie damit
unzufrieden sind.

Andere wollen gern
mit anderen Menschen
zusammen sein, kriegen es
aber irgendwie nicht hin.
Weil sie eine schwierige
Art haben. Oder in der Klasse
manchmal voll ausrasten.
Vor denen rennen andere weg.

35

Freundschaft

Freundschaft kann man nicht beweisen.

Ich kann sagen:
Du bist doch mein Freund.
Aber ich kann das nicht beweisen. Ich kann es auch niemandem einreden.

Es kommt darauf an,
ob der andere mein Freund sein will. Wenn der andere nicht mein Freund sein will, dann sind wir keine Freunde.

*Wenn jemand ein
Problem hat,
kann man helfen.
Das kann ein
Freundschaftsbeweis sein,
ist es aber nicht immer.*

Die NATO-Staaten helfen einander auch,
aber sie sind nicht wirklich Freunde.
Angela Merkel ist nicht unbedingt
eine Freundin der USA,
wenn sie ihnen Hilfe zusagt.

Freundschaft

In einer Welt ohne
Freundschaft hätte jeder
schlechte Laune.
Alle würden sich
nur anmotzen und
wären einsam.
Keiner würde mehr
dem anderen helfen.
Es gälte das Recht
des Stärkeren.

Wenn es allerdings
Freundschaft nie
gegeben hätte,
wäre es anders.
Dann würde sich der
Mensch so einrichten,
dass er keine Freunde
braucht.

Nur wenn man sich daran erinnern kann, dass man einmal Freunde hatte, ist man traurig, wenn man keine mehr hat.

WENN ALLE MIT ALLEN BEFREUNDET WÄREN, GÄBE ES KEINEN KRIEG MEHR.

Dann würden sich die Leute vielleicht streiten, weil alle immer mit allen zusammen sein wollen. Oder es gäbe Diskussionen, weil einer sagen würde: Ich bin mehr ein Freund als du. Aber selbst wenn sich die Leute streiten würden, würden sie sich auch wieder vertragen.

Wenn alle mit allen befreundet wären, wäre man aber auch mit Idioten befreundet. Das wäre blöd.

Es gibt unterschiedliche
Arten von Freunden:

ES GIBT FREUNDE, ERSATZFREUNDE UND BESTE FREUNDE. MAN KANN DAS SELBST DEFINIEREN.

Es gibt sogar Freunde, mit denen du gar nicht so gerne zusammen bist. Und umgekehrt Menschen, die man sehr freundlich findet, die aber keine Freunde sind.

Freundschaften können unterschiedlich stark sein: Wenn man sich kennenlernt und ganz nett findet, dann ist das keine so starke Freundschaft wie mit jemandem, den man schon lange kennt.

41

Freundschaft

Man kann auch mit sich
selbst befreundet sein.
Wenn man es nicht ist,
heißt das, dass man sich selbst
nicht mag. Wenn man mit sich
selbst befreundet ist,
hat man Selbstvertrauen.

Aber auch wenn man
immer nett zu sich selbst ist,
ist das keine Freundschaft
wie mit anderen Menschen.

Freundschaft

Der beste Freund ist jemand,
dem man schon länger vertraut.
Es kann jemand sein, mit dem
man sich wenig streitet.
Es ist jemand, der generell nett
zu einem ist, nicht nur
für einen Moment.

Der beste Freund
hat ähnliche Meinungen,
ähnliche Interessen und ist
in den gleichen Dingen gut.

Oder der eine weiß hier was
und der andere weiß da was
und dadurch lernen sie beide
voneinander. Dadurch kann
eine Freundschaft wachsen.

Bei einigen wechseln
beste Freunde, bei
anderen nicht.

Freundschaft

Mit Freunden kann man
über alles reden.
Wenn man ein Problem hat,
können sie einem helfen.
Dazu sind Freunde da.

Wenn man hinfällt,
trösten Freunde.
Sie sind nett.
Sie tragen einem den Ranzen,
wenn man Krücken braucht.

Mit Freunden ist einem
auch nicht langweilig.
Sie sind gut zum Zeitvertreib.
Sie können Geheimnisse
bewahren, gut trösten ...

... und Witze erzählen.

*Freunde müssen
lustig sein, damit es
nicht langweilig wird.*

Bekannte Freundespaare sind R2D2 und C3PO, die Pinguine aus Madagaskar, Rico und Oskar, Hermine und Ron, Ginny und Harry, Frodo und Sam, Greg und Rupert, Tom Sawyer und Huckleberry Finn, Eragon und sein Drache, Asterix und Obelix, Bibi und Tina, Donald und Daisy, Lotte und Luise, die drei Fragezeichen, die drei Ausrufezeichen, die wilden Hühner, Micky und Minnie Mouse, Tanja und Simon (das sind die Eltern von Rico und Oskar), Han Solo und Lando Calrissian, Gustav und Emil, Jola und Finn.

Ein Freund soll kluge Sachen sagen,
aber kein Streber sein.
Wenn er auf oberschlau tut oder
einen dauernd korrigiert, ist es blöd.
Es ist dann wie in der Schule.

FREUNDE GEBEN NICHT IMMER IHREN SENF ZU ALLEM. SIE UNTERSTÜTZEN EINEN.

Sie machen Vorschläge,
damit es beiden besser geht.
Der eine hat Wissen dazugewonnen, der andere hat
Wissen abgegeben.
Es ist keine Belehrung,
sondern schlaue Unterstützung.

47

Freundschaft

Zu einer Freundschaft gehört dazu,
dass man Meinungs-
verschiedenheiten hat oder dass
es sogar richtig Stress gibt.

Man weiß, welche Knöpfe
man drücken muss,
damit der andere ausflippt.

Freunde behandeln
sich nett und helfen
sich gegenseitig.
Sie streiten sich und
sind nett zueinander.
Beides.

Für eine Freundschaft ist es
wichtig, dass man sich dann
auch wieder versöhnt.

48

Freundschaft

Wenn man sich gestritten hat und
wieder verträgt, wächst man zusammen.
Das ist wie bei Muskeln, wie bei Muskelkater.
Wenn man sich super anstrengt,
dann reißen die Muskeln auseinander.
Und danach wachsen sie stärker zusammen.

Freunde wissen oft schon während des Streits,
dass es nicht endgültig vorbei ist. Sie wissen,
dass sie sich wieder gut verstehen werden,
wenn sich alles beruhigt hat.

UNSER GESPRÄCH hat sich geöffnet: Mehr noch als beim »Wir« tragen wir nun unsere Erfahrungen zusammen. Denn Freundschaft ist ein Thema, das alle bewegt und zu dem wir alle etwas zu sagen haben. // Um zu erfassen, was Freundschaft ist, erzählen wir uns Freundschaftsgeschichten aus unserem Leben und denken darüber nach. // Freundschaft beinhaltet vieles, auch Gegensätzliches. Zusammenhalt, Streit und Versöhnung, Unterstützung, Vertrauen und Zeitvertreib. Lachen und Freude. Freundschaft bedeutet, Anteil am Leben des anderen zu nehmen. // Es gibt dabei, wie wir feststellen, verschiedene Arten von Freundschaften. // Freundschaft ist auch nichts Unveränderliches. Wir müssen sie pflegen und an ihr festhalten, auch wenn es zu Streit kommt. Sie kann wachsen und wechseln. // Das Freundschafts-Wir ist in jedem Fall immer dann in der Welt, wenn zwei Menschen einander zum Freund haben wollen. Dann wird aus einem anderen Menschen ein Freund oder eine Freundin und wir sind nicht mehr allein. Dafür brauchen wir Freundschaft. Sie gibt uns Halt, auch wenn sie nicht ohne Konflikte ist.

Liebe

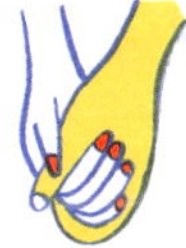

Im Herzen
und anderswo

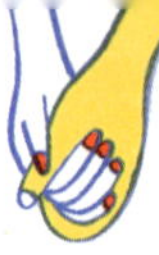

52

Liebe

Bei unseren Eltern ist es zum Teil
wie in einer Freundschaft.
Aber es ist Liebe.
Freundschaft und Liebe
sind etwas Unterschiedliches.

Man kann jemanden lieben
oder lieb haben.
Freunde haben sich lieb.
Bei der Liebe liebt man sich.

Liebe ist die höhere Stufe
von befreundet.

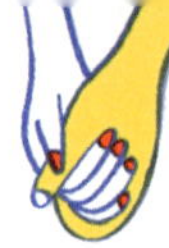

54

Liebe

Eigentlich gibt es zwei Arten von Liebe: Man liebt seine Familie. Das ist ganz natürlich. Man ist immer mit ihr zusammen.

Dann gibt es auch noch die Liebe, die man empfindet, wenn man einen Menschen kennenlernt, den man sehr, sehr, sehr gerne mag.

55

Liebe

Wenn man verliebt ist,
ist man nicht sofort ein Wir.
Man ist es erst an dem Punkt,
an dem man *wirklich* verliebt ist.
Bis dahin kann man sich noch
einfach so trennen, wenn man will.

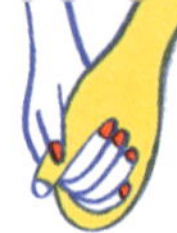

56
Liebe

Wenn man sich liebt,
sieht man einen kleinen Streit
häufig als größeren Streit an.
Weil man davon ausgeht,
dass die Liebe größer ist
als Freundschaft und deshalb
besser funktionieren sollte.

Ein Streit wird als größer
angesehen und dadurch
wird er dann auch größer.

Wenn man sich mal streitet,
ist es nicht schlimm.
Aber wenn man sich
täglich streitet, dann schon.
Bei Eltern ist es besonders schwierig.

*Durch den Streit
lernt man den anderen
besser kennen.*

Zu viel Streit kann aber
für immer Streit bedeuten.
Wenn es dazu kommt,
sollte man versuchen,
den Streit zu schlichten.
Selbst wenn es nur
ein kleiner Streit ist.

Ein Streit entsteht,
wenn einer die Würde
des anderen angreift.
Wenn man nicht
verlieren kann.

58

Liebe

Weihnachten ist das Fest der Liebe. Manchmal.

An Weihnachten kommt die Familie zusammen. Die Frage ist, ob die Familienmitglieder sich lieben. Wenn die Familie Liebe empfindet, ist Weihnachten das Fest der Liebe. Wenn sich Opa mit Mama streitet, ist es das nicht.

Manche sagen auch nur, dass Weihnachten das Fest der Liebe ist, empfinden es aber gar nicht so. Sie wollen nur die Geschenke auspacken.

Wenn man es mit dem Christkind feiert, ist es das Fest der Liebe. Wenn man Weihnachten mit dem Weihnachtsmann feiert, ist es ein Fest des Konsums.

DIE LIEBE IST AN VIELEN ORTEN UND IN VIELEN DINGEN.

Sie ist da, wenn ich Messi sehe,
beim VfB Stuttgart und beim
FC Bayern München.

Sie ist da, wenn wir
Sachen machen, die wir mögen.
Dann empfinden wir Liebe.
Zum Beispiel beim Bücherlesen
oder beim Zeichnen.

61

Liebe

Die Liebe ist am Geburtstag da,
in der Schule, bei Festen,
an Weihnachten,
vor dem Tannenbaum.

Sie ist in der Zeit mit der Familie da
und in der Zeit mit Freunden
und mit Tieren,
in den Ferien und auf Reisen.

Sie ist vor allem zu Hause da.

Die Liebe
sitzt im Herzen
und im Bauch.

Überall in uns.

VON DER FREUNDSCHAFT ZUR LIEBE ist es ein Schritt und ein Sprung zugleich: Einerseits beinhaltet die Liebe ein Mehr an Freundschaft und steht über ihr. Andererseits ist sie vieldeutiger, schwerer zu fassen und nur durch sich selbst zu erklären: Liebe heißt, dass man sich liebt. // Die Liebe zu anderen verändert den Maßstab, den wir an eine Beziehung anlegen. In einer Liebesbeziehung kann es passieren, dass wir Störungen oder Disharmonien ernster nehmen, als sie eigentlich sind. // Beim Versuch, die Liebe zu erfassen, helfen uns erneut Unterscheidungen: Es gibt die Liebe innerhalb der Familie und die partnerschaftliche Liebe. Letztere steht in unserer Gruppe wenig im Vordergrund. Sie spielt fast keine Rolle, außer in Bezug auf die Eltern. // Und dann gibt es noch eine Liebe, die in allen möglichen Momenten und Orten aufzufinden ist: // Sie ist ein Gefühl, das wir bei Tätigkeiten empfinden, die uns glücklich machen. // Sie zeigt sich in Augenblicken des Feierns oder der Geborgenheit, aber auch in Momenten des Abenteuers. // Die Liebe ist vielfältig und frei.

Familie

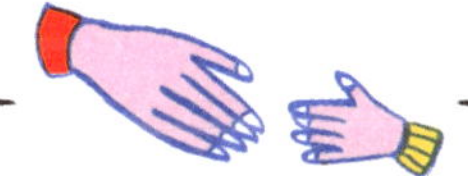

Schon immer da
oder selbst gewählt

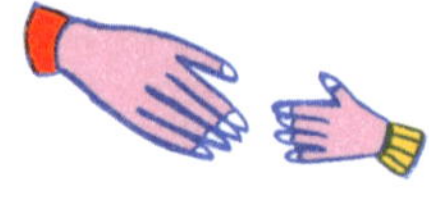

EINE FAMILIE IST
EIN EIGENES WIR.

ES ENTSTEHT AUS
ZWEI LIEBENDEN.

Die einen glauben an Adam und Eva und dass am Anfang nur zwei Menschen da waren. Deren Kinder waren Kain und Abel. Wenn man von Adam und Eva ausgeht, dann ist eigentlich jeder mit jedem verwandt.

Die anderen glauben an die Evolution. Nach der Evolutionstheorie ist alles aus Bakterien und Einzellern entstanden.

Auch wenn es am Anfang mehr als zwei Menschen gab, ist man mit mehr Menschen verwandt, als man denkt.

Menschen, die miteinander verwandt sind, sind eine Familie. Es gibt Großfamilien mit Großeltern und vielen Onkeln und Tanten.

Und es gibt kleinere Familien mit Mutter, Vater und Kindern.

Auch zwei Menschen, die ineinander verliebt oder miteinander verheiratet sind, können eine Familie sein, selbst wenn sie keine Kinder haben.

Und es gibt riesige Patchwork-Familien. Die Kinder sind nur Stiefgeschwister. Sie sind nicht richtig miteinander verwandt.

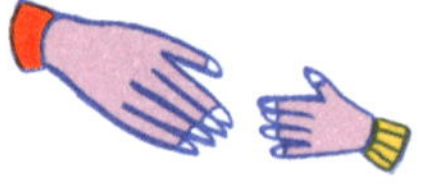

Familie

In der Familie fühlt man sich
irgendwie verbunden.
Vielleicht, weil man verwandt ist.
Die Menschen in der Familie haben
unterschiedliche Geschlechter
und sind unterschiedlich alt – die Mutter ist
erwachsen, der Vater auch,
das Kind ist ein Kind.
Ihre Gene verbinden sie.

Man muss aber nicht
blutsverwandt sein,
um eine Familie zu sein.
Adoptivkinder sind
nicht blutsverwandt.

Die Verbundenheit entsteht auch,
weil sich die Familienmitglieder
von Anfang an kennen.
Das Kind kennt seine Eltern
von Grund auf.

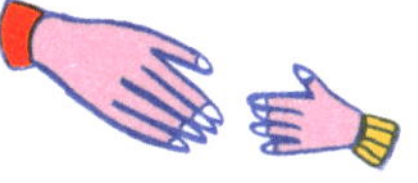

ZWISCHEN GESCHWISTERN IST NICHT IMMER FRIEDE, FREUDE, EIERKUCHEN.

Es kann auch sein,
dass sie versuchen,
sich gegenseitig aus dem
Nest zu schubsen.

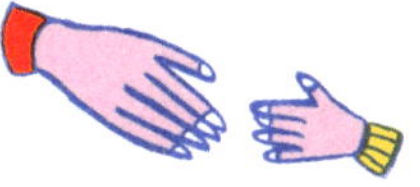

Die Menschen in einer Familie
halten immer zusammen.
Zugleich ist da noch mehr:

*Es gibt eine Seelenverbundenheit.
Weil man sich kennt und mag.*

Wenn man sich so
richtig gut kennt,
dann weiß man manchmal,
was der andere denkt.

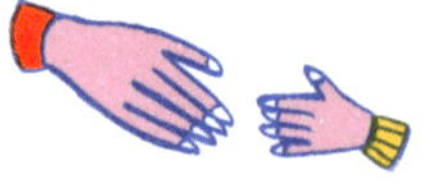

Man empfindet auch für seine besten Freunde ziemlich viel. Sie können auch Mitglieder der Familie sein.

Umgekehrt gehören Menschen,
mit denen man verwandt ist,
manchmal nicht so richtig zur Familie,
weil man sie nur selten sieht
oder nicht so sehr mag.

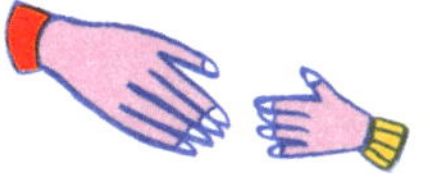

Jeder hat eine unterschiedliche Wahrnehmung, wer zur Familie gehört.

Das heißt nicht, dass einer recht hat und alle anderen unrecht, sondern dass alle recht haben.

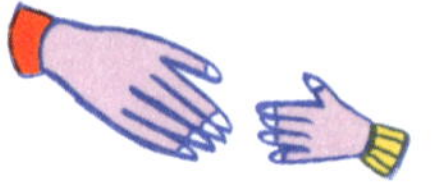

Familie

Es kann sein, dass alle Menschen
die Farben unterschiedlich
wahrnehmen.

Wenn man sagt »Das ist Blau«,
weiß man nicht, wie es in den
Augen von anderen aussieht.

Alle können unterschiedlich
sehen und empfinden.
So ist es mit Familie.

DAS FAMILIEN-WIR betrachten die meisten von uns als eine Selbstverständlichkeit. Es ist doch von Beginn an um uns herum, ungefragt und voraussetzungslos – oder? // Im Gespräch stellen wir fest, dass es so einfach nicht ist. Denn wenn wir über Familie sprechen, sprechen wir auch über den Menschen, seinen Ursprung und unsere Identität, über das große, zeitübergreifende Menschen-Wir. // Wir sind einerseits mit mehr Menschen verwandt, als uns bewusst ist. Andererseits ist Familie offenbar gar nicht festgelegt auf eine Gruppe von Menschen, mit denen wir verwandt sind. Freunde können dazuzählen. Und nahe oder fernere Verwandte gehören für uns manchmal nicht so richtig zur Familie. // Die Linie zwischen Familie und Nicht-Familie – quasi den »Kreis der Familie« – muss daher jeder auch immer für sich selbst ziehen. // Entscheidend für Familie ist ein Gefühl einzigartiger Verbundenheit – weil man einander vertraut ist und so gut kennt wie niemanden sonst. // In der Familie besteht zugleich ein besonderer Zusammenhalt. Er ist immer da, so unterschiedlich wir auch sind. // Welche Kämpfe und Mängel Familie auch mit sich bringen kann, spielt in unserem Gespräch kaum eine Rolle. Familie wird stattdessen sichtbar als unser erstes Wir: Wenn wir die Welt betreten, ist sie schon da und erwartet uns.

LEAVE NO ONE BEHIND

Gemein-schaft

Zusammenhalt und Unterstützung

Eine Gemeinschaft besitzt etwas, was alle mögen und was sie zusammenbringt. Dadurch ist jede Gemeinschaft ein Wir.

ZWEI FREUNDE SIND SCHON EINE GEMEINSCHAFT.

Doch nicht jedes Wir ist eine Gemeinschaft. Auch Zerstrittene kann man als ein Wir bezeichnen. Sie verbindet, dass sie zerstritten sind. Sie sind aber keine Gemeinschaft.

Eine Gemeinschaft beruht auf Zusammenhalt. Zusammenhalt bedeutet Unterstützung, bedeutet, in der Nähe eines anderen Menschen zu sein.

Dafür reicht es nicht,
an jemandem vorbeizulaufen.
Nähe ist mehr als Sichtkontakt.

Wenn der Vater auf den Kanaren ist, befindet er sich immer noch in der Gemeinschaft, weil er zur Familie gehört. Sie hat auch dann noch Kontakt zu ihm.

Es gibt verschiedene
Formen von Gemeinschaft.

Es ist ein Unterschied, ob man eine Gemeinschaft ist,
weil man zusammenarbeitet und ein Team ist,
oder eine Gemeinschaft, weil man befreundet ist.

Durch das Virus wurde das Wir
zum Teil zerbrochen,
durch die Quarantäne, weil alle zu
Hause bleiben müssen.
Man trifft sich nicht mehr mit
anderen Menschen;
dadurch bröckelt die Gemeinschaft.

Viele Menschen kaufen übertrieben viel.
Zum Teil reißen sie sich die Sachen aus
der Hand. Hauptsache, sie selbst haben
etwas. Sie sorgen erst mal
für sich und gucken erst
danach nach
den anderen.

WENN JEMAND ETWAS BRAUCHT, KANN MAN AUCH ETWAS ABGEBEN!

Wir brauchen Gemeinschaft.
Gemeinschaft tut
dem Menschen gut.
Ohne Kontakt zu anderen
wird man depressiv.

Der Kontakt zu anderen Menschen ist gut für die Seele und den Geist.

Gemeinschaft ist außerdem wichtig für das Überleben. Was sollst du denn machen, wenn du irgendwo im Nirgendwo sitzt und ganz allein zurechtkommen musst?

Nicht jeder kann einen Computer herstellen, Essen produzieren oder ein Auto bauen. Wenn man auf hundert verschiedene Sachen achten muss, macht irgendwann auch das Gehirn schlapp.

Man braucht Spezialisten. Man ist auf die anderen Menschen angewiesen. Zu mehreren hat man eine größere Kraft.

Gesellschaft ist
etwas Größeres als
Gemeinschaft.

Zwei Menschen, die zusammenleben, sind eine Gemeinschaft, aber noch keine Gesellschaft. Eine Gesellschaft ist ein ganzes Land oder eine Stadt. Zum Beispiel bilden alle Menschen, die in Berlin leben, eine Gesellschaft.

Sie bilden aber keine Gemeinschaft. Ihr Zusammenhalt ist nicht so groß und sie unterstützen sich nicht immer gegenseitig.

*Manchmal hält eine
Gesellschaft auch zusammen.
Sie ist dann gleichzeitig
Gesellschaft und Gemeinschaft.*

Ohne Gesellschaft kann man leben,
aber nicht ohne Gemeinschaft.
Wenn man zusammen ist, ist es schöner.
Das Glück überträgt sich.

Am Wochenende ist es richtig schön,
wenn man aufwacht, die Sonne
ins Zimmer scheint und man
die Geräusche der anderen hört.

Meine Mutter sagt immer,
dass alle Dinge an ihren Platz gehören.
Ich sage dann, dass der Platz
der Dinge auf dem Boden ist.
Wieso soll der Platz im Regal sein?
Wo ist denn der Platz einer Sache?

Impressum

D C B A
Bibliographisches Institut GmbH,
Mecklenburgische Straße 53, 14197 Berlin

Redaktion
Juliane von Laffert

Herstellung
Alfred Trinnes

Layout, Satz und Umschlaggestaltung
Anja Neuefeind, Köln

Umschlagabbildung und Illustrationen
Katrin Stangl, Köln

Druck und Bindung
L.E.G.O. S.p.A., Vicenza

Printed in Italy

ISBN 978-3-411-75653-7

www.duden.de

Eigentlich ist es aber
auch toll, allein zu sein.
Wenn man allein ist,
kann man einfach sein
Taschengeld nehmen,
zum nächsten Supermarkt
fahren und kaufen, was man will.
Man kann auch
die ganze Nacht fernsehen.

Es gibt Sachen, die man prima
allein machen kann:
lesen, Youtube gucken –
zum Beispiel Fußball-Challenges
oder Champions League.

Wenn man allein ist,
kann man machen,
was man will.

Das geht nicht, wenn jemand dabei ist.
Das ist der Nachteil von Gemeinschaft.

Aber dann hat man Angst oder ist einsam.
Wenn man allein ist und draußen etwas hört,
bleibt einem das Herz stehen.
Auch wenn es dann nur die Katze war.

Bei Filmen kann es richtig gruselig sein, wenn man sie allein guckt. Auf einmal wird ein Quietschen gruselig, obwohl der Film ab 0 Jahren ist …

Komisch.

Gemeinschaft

Wenn die Eltern weg sind, ist es schöner, wenn man mit einem Freund zusammen ist. Wenn jemand anderes da ist, der sich für das interessiert, für das ich mich interessiere.

Bei Freunden ist man ein kleines Stück freier als bei den Eltern. Aber auch bei Freunden kann man nicht immer machen, was man will. Manchmal wollen die Freunde nicht Fernsehen gucken, wenn man es selbst gerade möchte.

Man ist nie uneingeschränkt frei, wenn jemand anderes bei einem ist.

Es gibt Sachen, die kann man nur mit anderen machen. Zum Beispiel »Mensch ärgere Dich nicht« spielen. Oder reden.

Man kann auch Selbstgespräche führen. Ein Selbstgespräch ist aber kein richtiges Gespräch.

Wenn man gewohnt ist, mit seinen Geschwistern zusammen zu sein, ist es merkwürdig, allein zu sein. Chatten und Minecraft spielen macht zu zweit auch mehr Spaß. Wenn man einen Film sieht, ist es schöner, wenn man später mit jemandem darüber reden kann.

Reden ist wichtig. Man ist im Austausch mit jemand anderem.

UNSER NACHDENKEN ÜBER DAS WIR in seinen verschiedenen Formen gelangt nun an sein Ende. Dabei werfen die beiden Begriffe Gemeinschaft und Gesellschaft noch einmal grundsätzliche Fragen über unser Miteinander auf. // Gemeinschaft beruht auf unserem tiefen Bedürfnis, in Kontakt mit anderen zu sein. Sie beinhaltet Nähe und gegenseitige Unterstützung. // Im Geben, Schenken und Teilen liegt die große Stärke von Gemeinschaft und Gesellschaft. Im Teilen von Erlebtem vermehrt sich das Glück. Das Teilen der Arbeit führt dazu, dass unsere Versorgung gesichert ist. Das Zusammensein mit anderen vermittelt uns auch deshalb ein Gefühl von Schutz und Stärke. // Gemeinschaft schützt uns aber auch vor dem Unheimlichen, dem nächtlichen, fast unhörbaren Geräusch in der Dunkelheit, unserer (vielleicht unausgesprochenen) Angst. // Gemeinschaft entsteht, wenn wir gemeinsame Ziele verfolgen, miteinander spielen. Unsere Wünsche und Interessen führen uns zusammen und verbinden uns, auch über räumliche Distanzen hinweg. // Ganz anders ist da das Glück, das wir im Alleinsein erleben, zumindest zeitweise. Denn im Miteinander müssen wir uns immer wieder auch auf die Bedürfnisse der anderen einstellen. Nur im Alleinsein sind wir vollständig frei von Beschränkung. // Freundschaft, Liebe, Familie, Gemeinschaft und Gesellschaft – es sind viele Wirs, in die wir Menschen eingebunden sind, und jedes davon hat seine Besonderheit. Jedes Wir ist wichtig für uns. // Es öffnet einen Ort in der Welt.

Nachwort

Philosophieren

Beim Philosophieren ordnen wir unsere Gedanken, denken über etwas nach und kommen zu einem Ergebnis.

Wir haben ein Gedanken-Wirrwarr, das wir nach und nach entwirren, aufräumen und sortieren.

Das ist so ähnlich wie beim Zimmeraufräumen: Man packt Sachen in eine Kiste und dann ist es ordentlich.

Philosophieren ist aber eine andere Art von Aufräumen. Beim Philosophieren reden wir über verschiedene Themen und nehmen sie ernst. Wir nennen nicht nur schnell, schnell irgendwelche Gründe, damit wir weiterkommen und unser Ziel erreichen. Wir überlegen und versuchen, etwas in die richtige Reihenfolge zu bringen.

Dann haben wir eventuell etwas, was Sinn ergibt.